AF234058

VENTE

HOTEL DROUOT, SALLE N° 3

Le Samedi 10 Décembre 1887

A DEUX HEURES ET DEMIE

ATELIER

LÉON MELLÉ

EXPOSITION PUBLIQUE LE VENDREDI 9 DÉCEMBRE

DE UNE HEURE ET DEMIE A CINQ HEURES

Me Léon TUAL	MM. HARO Frères
COMMISSAIRE-PRISEUR	PEINTRES-EXPERTS
56, rue de la Victoire	14, rue Visconti et 20, rue Bonaparte

1887

CATALOGUE

DES

TABLEAUX

COMPOSANT

L'ATELIER

DE

LÉON MELLÉ

ET

TABLEAUX DE DIFFÉRENTS MAITRES

DONT LA VENTE AURA LIEU

HOTEL DROUOT, SALLE Nº 3

Le Samedi 10 Décembre 1887

A DEUX HEURES ET DEMIE

EXPOSITION PUBLIQUE LE VENDREDI 9 DÉCEMBRE

DE UNE HEURE ET DEMIE A CINQ HEURES

Mᵉ Léon TUAL	MM. HARO Frères
COMMISSAIRE-PRISEUR	PEINTRES-EXPERTS
56, rue de la Victoire	14, rue Visconti et 20, rue Bonaparte

1887

CONDITIONS DE LA VENTE

Elle sera faite au comptant.

Les acquéreurs payeront *cinq pour cent* en plus du prix d'adjudication.

TABLEAUX

PAR

LÉON MELLÉ

---

1 — Le Pont d'Allevard (Isère).

Salon de 1845.

T. — H. 0^m,63. L., 1^m,00.

2 — Site de Pont-en-Royans (Isère).

Salon de 1845.

T. — H., 1^m,16. L., 0^m,89 1/2.

3 — Vue prise à Saint-Laurent-du-Pont (Isère).

Salon de 1846.

T. — H., 0^m,32. L., 0^m,26.

4 — Le Village de Bailly (Seine-et-Oise).

Salon de 1849.

T. — H., 0^m,32. L., 0^m,40.

5 — Chute du Bréda à Allevard, dit le *bout du monde* (Isère).

Salon de 1852.

T. — H., 1^m,00. L., 0^m,72.

6 — Les Grues du port d'Orsay.

Salon de 1852.

T. — H., 0^m,38. L., 0^m,60.

7 — Dans le parc de Neuilly en 1853.

Exposition universelle de 1855.

T. — H., 1ᵐ,00. L., 0ᵐ,72.

8 — Chemin d'Allevard à Pinsot ; Effet de neige, Glaciers de Saint-Jean-de-Maurienne.

Salon de 1857.

T. — H., 0ᵐ,38. L., 0ᵐ,60.

9 — Le Plateau de Marlotte ; Forêt de Fontainebleau.

Salon de 1857.

T. — H., 0ᵐ,72. L., 1ᵐ,00.

10 — Rives de l'Huisne (Sarthe).

Salon de 1861.

T. — H., 0ᵐ,63. L., 1ᵐ,00.

11 — Bords de l'Oise ; Paysage et Animaux.

Salon de 1861.

T. — H., 0m,72. L., 1m,00.

12 — Sous bois ; la Gardeuse de moutons.

Salon de 1863.

T. — H., 1m,00. L., 0m,72.

13 — Bords de l'Oise ; Paysage avec figures et Animaux.

Salon de 1864.

T. — H., 0m,63. L., 1m,00.

14 — Sur la côte d'Auvers ; Effet d'orage.

Salon de 1864.

T. — H., 0m,53. L., 0m,38.

15 — Cours de la Bourne (Isère).

Salon de 1866.

T. — H., 0^m,72. L., 1^m,00.

16 — L'Oise ; Vue prise près du hameau de la Bonneville.

Salon de 1867.

T. — H., 0^m,72. L., 1^m,00.

17 — Moulin sur la Marne.

Salon de 1873.

T. — H., 0^m,53. L., 0^m,38.

18 — Matinée de juin, sur les bords de l'Oise.

Salon de 1870.
Exposition universelle à Londres en 1874
(2 médailles).

T. — H., 1^m,00. L., 0^m,72.

19 — Carrières à Gentilly; Effet de neige.

Salon de 1879.

T. — H., 0^m,63. L., 1^m,00.

20 — La Tour de Montlhéry en 1838.

B. — H., 0^m,18. L., 0^m,28.

21 — Une mare dans le parc de Bercy en 1844.

T. — H., 0^m,38. L., 0^m,60.

22 — Paysage avec figures; Effet de soleil couchant.

T. — H., 18^m,50. L., 0^m,24.

23 — L'ancien Parc de Neuilly, en 1852.

B. — H., 0^m,24. L., 0^m,32.

24 — Laveuses à la fontaine de Marlotte.

T. — H. 0^m,24. L., 0^m,32.

25 — Le Puits qui parle.

B. — H., 0^m,35. L., 0^m,25.

26 — Le Pont des Augiers (Isère).

T. — H., 0^m,26. L., 0^m,32.

*

27 --- Paysage ; les deux Arbres.

B. — H., 0^m,32. L., 0^m,21.

28 — Chemin de Butry à Auvers.

B. — H., 0^m,3 , L., 0^m,21.

29 — Au village de Beaucourt ; Effet de neige.

T. — H., 0^m,38. L., 0^m,60.

30 --- L'Abreuvoir à Auvers.

B. — H., 0^m,28. L., 0^m,35.

31 — Vue prise à Gentilly près de la Bièvre.

B. — H., $0^m,285$. L., $0^m,45$.

32 — Lavoir à Auvers; Effet du soir.

T. — H., $0^m,32$. L., $0^m,46$.

33 — La Pluie; Vue prise à Valmondois.

T. — H., $1^m,00$. L., $0^m,72$.

34 — L'Été; Sur le plateau de Marlotte.

T. — H., $0^m,63$. L., $1^m,00$.

35 — Vue prise au Bois de Boulogne en 1850.

T. — H., 0^m,63. L., 1^m,00.

36 — Bords de l'Oise; Effet du matin.

T. — H , 0^m,38. L., 0^m,60.

37 — Bords de l'Oise ; Avant l'orage.

T. — H., 0^m,38. L., 0^m,60.

38 — La Seine près Triel.

T. — H., 0^m,38. L., 0^m,53.

39 — Paysage avec animaux ; Vue prise en Seine-et-Marne.

T. — H., 0m,38. L., 0m,53.

40 — Incendie des Tuileries en 1871.

T. — H., 0m,63. L., 1m,00.

41 — Les vieux Chênes ; Plateau de Marlotte.

T. — H., 0m,72. L., 1m,00.

42 — Au long Rocher ; Forêt de Fontainebleau.

T. — H., 0m,38. L., 0m,60

43 — Ile de Vaux; Paysage avec figures; Effet du matin.

T. — H., 0^m,60. L., 0^m,38.

44 — Solitude (Isère).

T. — H., 1^m,00. L., 0^m,72.

45 — Vue prise à Monsigny-sur-le Loing (Seine-et-Marne).

T. — H., 1^m,00. L., 0^m,72.

46 — Chemin de Frenoy à Beaucourt (Somme).

Salon de 1859.

T. — H., 1^m,00. L., 1^m,00.

47 — Chemin de la rue Boucher à Auvers ; Effet d'automne.

T. — H., 1^m,00. L., 0^m,72.

48 — Après l'orage ; l'Arc-en-ciel.

B. -- H., 0^m,22. L., 0^m,30.

49 — L'Oise; Paysage avec figures; Effet de soleil levant.

B. — H., 0^m,30. L., 0^m,22.

50 — Printemps et Automne ; Pro-
menade sur les bords de
l'Oise.

B. — H., 0^m,15 1/2. L., 0^m,23 1/2.

51 -- Pêcheurs sur les bords de
l'Oise.

B. — H., 0^m,21. L., 0^m,31.

52 — La Mer ; Vue prise à Cailleux.

T. — H., 0^m,38. L., 0^m,60.

53 — Château de Fleury ; la Pro-
menade sur la pelouse,
après le déjeuner.

B. — H., 0^m,16. L., 0^m,21 1/2.

54 — Église d'Auvers.

B. — H., 0^m,30. L., 0^m,52.

55 — L'Église Saint-Pierre à Caen.

T. — H., 0^m,63. L., 1^m,00.

56 — Moulin sur la Marne près du château Gaillard.

T. — H., 0^m,34. L., 0^m,541/2.

57 — Environs de Pontoise.

B. — H., 0^m,151/2. — L., 0^m,23.

58 — Chalets de la Tête noire (Suisse).

T. — H., 0^m,38. L., 0^m,46.

59 — Moulin de Montrouge.

T. — H., 0^m,46. L., 0^m,38.

60 — Chemin creux à Auvers.

T. — H., 0^m,53. L., 0^m,38.

TABLEAUX DIVERS

N. DIAZ.

61 — Sous bois; Étude.

B. — H., 0^m,24 1/2. L., 0^m,18 1/2

HOREMANS

62 — Personnages dans un parc.

T. — H., 0^m,32. L., 0^m,40.

PILS

63 — Saint Pierre et saint Jean guérissant les boiteux.

Esquisse.

T. — H., 23 1/2. L., 0^m^,20 1/2.

PAPETY (D.)

64 — Italienne à la fontaine.

H., 0^m^,29 1/2. L., 0^m^,18 1/2.

ROCHETEAU

65 — Portrait de jeune Femme.

Signé et daté 1827.

T. — H., 0^m^,72. L., 0^m^,59.

ROGER

66 — Le Serpent d'airain.

Esquisse.

T. — H., 0^m.23. L., 0^m,30 1/2.

12417. — Imprimeries réunies, **A**, rue Mignon, 2, Paris

RED. :

16

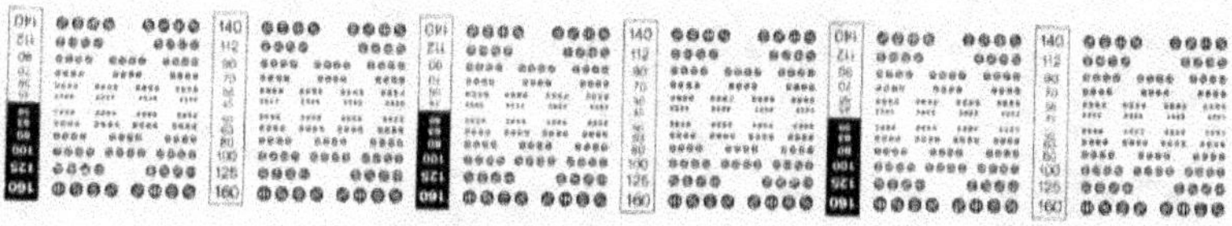

MIRE ISO N° 1
NF Z 43-007
AFNOR
Cedex 7 - 92080 PARIS-LA-DEFENSE

graphicom
379.88.70

0 1 2 3 4 5 6 7 8 9 10

BIBLIOTHEQUE NATIONALE DE FRANCE

****

CHATEAU DE SABLE

1996